KB064357

와인색 코트를 샀다

개미시선 079

와인색 코트를 샀다

1쇄 발행일 | 2023년 10월 25일

지은이 | 이은희
펴낸이 | 정화숙
펴낸곳 | 개미

출판등록 | 제313 – 2001 – 61호 1992. 2. 18
주소 | (04175) 서울시 마포구 마포대로 12, B-103호(마포동, 한신빌딩)
전화 | (02)704 – 2546
팩스 | (02)714 – 2365
E-mail | lily12140@hanmail.net

*이 시집은 2023년 한국예술인복지재단 창작지원금을 지원받아 제작되었습니다.

와인색 코트를 샀다

이은희 시집

개미

거룩하게 온유하게
누구에게도 휘둘리지 말고
누구도 미워하지 말며
시인으로 살아온 만17년 3개월의 삶이 부끄럽지 않게

열 살, 처음 詩와 사랑에 빠졌던 소녀가
지금껏 사랑한 그 詩와 함께
오늘도 거룩하게 詩를 살아보자!

후회 없이……

2023년 가을 어느 밤에
이은희

제2부

제3부

제4부

제1부

나는 지금 외눈박이입니다

숨이 막힙니다
호흡을 제대로 하지 못해 시들어가는 시간들

'시인이란 슬픈 천명'*임을 문득 깨달은 날,
갑자기 눈물이 났습니다
그대도 그런 시간을 보내셨겠지요
아무것도 들이지 못하는 아슬아슬하고 깊고 얇기까
지 한
그 속을 안간힘으로 붙듭니다

너무 가까워서 볼 수 없는 슬픔
어느 만큼의 거리에서라야만 보이는 것들
나는 지금 외눈박이입니다
맨 처음부터 두 개의 눈이 아니었기를 차라리 바라
는 시간

사랑할 수 없는 편을 택하고 싶습니다.

*윤동주 시인의 詩 「쉽게 씌어진 시」 中 차용.

내 안의 유년

중독될 것만 같은 향기
초록의 자락을 비켜 찰나로 사라지는 태양
세상의 모든 초록이 아름답지 아니한 것 있을까?

외할머니 뚝딱뚝딱 상을 차리시던 저녁
아직 어스름은 내리지도 않았는데
외할머니 부르시는 소리 야속해서 툴툴댔던

어설픈 솜씨라도 달콤한 속삭임 담아 상을 차리는 저녁
한없이 길기만한 빛색 커튼 사이로
엄마 부르는 소리에 야속해서 툴툴대는 아들들
그래도 앉으면 맛나게 먹어주는 녀석들

슬며시 흔들리는 아들들 모습
외할머니 밥상 그리워 한 술 못 뜨는 저녁

사무치게 그리운 내 안의 유년.

운석

쓰라림으로 점철된 인연
한 걸음, 두 걸음 멀어지나
놓을 수 없는 시선
걷고, 또 걸어도
닿을 수 없는 거리

하잘것없는 마음 한 조각도
너는 쉽게 놓지 못하고

한 걸음, 두 걸음 가고 돌아보면
더 이상 긴 걸음 내딛지 못하던
너의 눈빛 속에 남은
그리움을 보고야 말았네

몰랐을까?
이미 오래전 식어버린

돌덩이에 지나지 않음을…….

평행선

밖은 무채색이다
알 수 없는 두통이
따라 다닌 지 벌써 수개월이 다 돼가도
아직 알지 못한다

밤은 원색이다
가장 빛나는 화려함을 가장한
어두울수록 빛을 발하는
화려함에 중독되어 치장하고
길을 나서서 온통 세상을 눈멀게 한다

너는 물색이다
모든 투영되는 것들과 함께 변하여
종국(終局)에는
완전히 사라져버리는
진득한 늪으로 자꾸만 몰아넣는

집착의 끈

나는 바람색이다
잔잔히 스치고 스며지는
격하게 흔들고 멀어지는
강하게 나부낄수록 합(合)이 되지 못할
어쩔 수 없는 평행선.

난해시에 대한 소감 2

형이상학적 단어들을 뽑아다가
어떤 배열로 점철시키면
어찌 그리 못할 것이랴만

'언어는 그림의 침묵으로부터 탄생했다' *는데
해독하지 못할 암호들을 탄생시키는 것은
누구를 위한 창조일까?

어려운 말 사전을 옆에 끼고
몇날 며칠 글을 쓴다
쉬운 말 사전이 아니라
시간이 좀 더디겠지만
못할 것은 무엇이랴

허나 그 무슨
의미가 있단 말인가?

그대들은 영원히 그리 사시오
이미 나는 과도하게 행복하오니.

*막스 피카르트의 말 차용

검은 슬픔

쓸 수 없다는 쓸쓸함, 고독함, 잔인함
온 신경을 건드리는 깊이 내재된 강박 속 열등
날카롭게 저릿저릿 온몸을 흔드는 절창(切創)

어느 한 점에 뭉쳐 지저분하게 번지는 잉크처럼
유려하지 못하게 혈관을 떠도는 찌끼들
과도한 욕정이 불러온 근육통으로 뭉친 어깨를
그리고 뒷목을 그리고 은밀한 숲 속을
하늘이 까말수록 별이 빛나듯
밤의 수렁이 깊을수록 벗을 수 없는 자책

아무것으로도 관통할 수 없는 심장을 가진 이
무엇으로도 깰 수 없는 철의 뇌를 가진 이
그리하여
숨 쉴 수 없는 검은 슬픔.

뇌를 깁다

뇌의 조각조각을 베어낸다
잘 벼린 바람칼로 관통한 뇌는
너무 빠르고도 신속한 움직임에
피조차 맺히지 않았다

잘려진 뇌의 조각조각을 씻어낸다
아무도 오지 않는 깊은 숲 속
흐르는 샘물은 너무 맑아서
뇌의 작은 주름 틈새까지
티끌 하나 없이 말끔히 씻어준다

잘 씻긴 뇌의 조각조각을 깁는다
노련하게 숙련된 바느질 솜씨로
망각의 실을 끼운 바늘이 빠르고 유연하게
조각과 조각의 틈새를 촘촘히 기워낸다

아무렇지 않다
기워진 뇌는
위험한 기억들로부터
안전하다.

당신의 뇌와 나의 뇌가 만날 때

사랑스러워 함께 쓴다는 것은
당신의 뇌를 빌려 쓰는 것은
나에겐 참 신비스런 모험이었어

이미 당신도 나와 함께 쓰고 있겠지
같은 시간에 다른 공간에서 무수히 많은 생각들이
서로의 뇌를 드나들고 서로를 탐닉하며
어느 한 점에서 부끄러운 상상들로 벅찼음을
이미 모르지 않으나
솔직한 당신,
그건 또 그것대로 매력이었어

모두가 잠든 깊은 밤
그렇게 종종 서로의 뇌에 드나들며
내게 없는 당신의 오르가슴을
당신에게 없는 나의 내밀한 상상을

그렇게 빌려주고 빌려 쓰며 지낸다는 것
그것 참,
끊을 수 없는 매력이지 않나?

역습

잘나가는 찜질방 앞 큰길가 버스정류장 근처
누가 버린 건지도 모를 잔해들
한껏 맛있는 저녁으로 들떴을 시간을 흘려보내고
되도록 속기로 털어낸 거추장스러움
거추장스러움은 위장 속 포만감과 비례하고
이제는 단 한순간도 참을 수 없다

찾으려 든다면 얼마든지 쉽게
폭로될 유전정보가 묻어있을 잔해들
습관처럼 눌러지는 비밀번호 버튼처럼
DNA. RNA. 지문. 비말이 스민 껍데기들
이제는 긴긴 영면에 든다

숨이 턱 막힌다
실은 죽지 않은 시간
실로 잔인한 합장(合葬)이다

처음부터 절대로 썩지 못할 몸뚱이를 타고 태어난
용이한 안락함이 빚어낸 역습

그렇게 문드러져가는 거대한 ㅎㅅ과 ㅇㄹ.

격리

참으로 신기하기도 하지
어둠은 내 몸을 어둠에 누일 때 칠흑 같더니
해님은 더 이울어 시간은 점점 더 어둠 속으로 처박
혀가고 있는데
내 몸만은 더욱 또렷하게 빛을 발하네
이런 현상은 도무지 무엇으로 설명할 수 있을까?

참으로 또 신기하기도 하지
빛은 아주 작은 조각만 있어도 모든 것에 검은 그림
을 그리지
그것을 꼭 닮은 그림을
하지만 영혼은 깃들지 못하지
그건 만질 수 없는 허상일 테니
이런 지랄 같은 현상도 무엇으로 설명할 수 있을까?

밖에서 자가 격리된 나를 향해

배가 고파서인지? 보고파서인지?
알 수 없게 울어대는 우리집 냥이 슈슈는
그저 본능에 충실한 것이고,
하염없이 앞발을 들어 노크를 하지만
갇힌 나는 그곳에선 이젠 이방인

상상 속에선 비옥한 흙으로 덮인 드넓은 대지가 펼쳐 있고,
아름다운 냇물이 알 수 없는 미지의 곡조로 노래를 부르지
호흡하는 모든 공기는 나의 생명을 연장이라도 하는 듯 향기롭고,
작은 부싯돌만으로도 금방 타오를 듯한 정염의 불길은 달뜬 신열을 토해내지

잠시 떠났던 혼의 분리로 갇힌 방 안에서
나는 누구도 보지 못한 신비스런 세계를 경험했지 뭐야
괜찮아, 나의 내밀한 상상을 굳이 누군가와 나누고 싶지도 않으니까
나를 더욱 단단하게 격리시킬 거야

하지만 내 스스로의 나는 결코 격리당한 것이 아니
야.

파도

세상은 온통 암흑인데
너만은 환하게 온몸 부서뜨려
그 하얀 뼛가루로 나를 밝혀주는구나

간간이 우뚝 솟은 고행의 기둥을 지나
단단한 시련의 바위에도 겁없이 맞서
제 몸을 부수어낸 뼛가루 난분분 난분분
가느다란 신경의 끝을 깨우는 살얼음
귓불을 베어낼 한겨울 새벽의 바람처럼
내 귓속을 타고 온몸으로 퍼져서
너는 그렇게 "나 여기 있노라" 외치고 있구나.

대나무꽃*

좋은 일이 있을 거랬다

사는 동안 한 번도 못 보고 가는 이도 있다더라

특별히 햇살이 따사로운 것도 아니고

바람이 간지럽지도 않았던

그저 스산한 느낌이 들어서 서럽던 날

마음을 비우고 싶었고

누구라도 좋다고 생각했던

위로해줄 이를 찾던 가을 저녁

모 라디오 방송에서 흘러나온 멘트에

또로록 슬픔 한 방울

평생을 비우는데 공들였을 네게서

평생을 채우고파 공들였던 우리는

죽음과 맞바꾼 행운을 잡는다.

*60~120년에 한 번 피는 대나무꽃은 꽃을 피우고 나면 대나무의 뿌리가 말라서 죽는다. 결국 대나무 평생 딱 한 번 꽃을 피우는 것이다. 그렇기에 그 꽃을 보는 사람에게는 행운이 온다는 설이 있다.

철쭉 꽃잠

철쭉 침대에 누워
꽃잠 든 새색시
통통한 뱃살에
잔뜩 숨긴 달콤함

살 오른 몸뚱이가 무거워도
폭신하게 충만한 분홍빛 침대
통통 튀어 오르는 천연 스프링
바로 오늘 진가를 발휘하네

하늘 저편 몽실몽실
세상만사 상념일랑 훌훌
이리 좋은 봄날
철쭉 침대에 누워
나도 꽃잠 자고 싶네.

한밤의 하이에나

콩하는 굉음과 함께
브레이크 밟는 소리

한밤, 아파트 앞 큰 길에
경차 한 대가 주차된 하얀 승용차를
여지없이 받았다
얼마 후, 사이렌을 울리며
경찰차보다 먼저 달려온 렉카들
사고현장에 요란히 달려든 렉카들은
사고를 기다리기라도 한 것일까?

한참 후,
경찰들이 등장하고
다친 사람은 119 구급차에 실리고
아수라장 같던 도로가
침묵한다

아직 바닥에는
사고의 파편들이 널브러진 그 채로.

굳이

바람을 일으켜 흔들지 말자
소소한 일상만으로도 버거워 움츠러든 어깨
잔잔한 미풍에도 견디지 못할 진중함의 무게
말 한마디에도 수백 번 되새김질할 것임을 알기에

곱씹고 뱉어낸 작은 유리알들
가열히 뜨거웠음으로 녹아내렸을
그러나 올곧은 신념으로 식혀버린 결정체

무수한 상상 속에서만 오롯이 하나 될 수 있었음을
맹렬히 타올랐을 오르가슴 속에서도
격하게 흔들릴수록 합이 되지 못함을 아는 나이

굳이 아무것도 하지 말자.

아무것도 아니다

아무것도 아니다
우리 아무것도 아니었다
사소한 실수조차 헤아려주지 못할 사이
진실이라 말해도 진실로 느낄 수 없는 사이

수년 전부터 무수히 많은 또 다른 내가 박제되어
전리품처럼 낡은 진열장에 전시되었으리
몇 번째 전리품이었을까?
나는……

아무것도 아니다
돌아서서 가버리면 어떤 교집합도 남지 않는
죽는 날까지 우연히도 마주칠 일 없는
죽었다는 것조차 알 길 없을 그런 사이
영원히 만날 수 없는 사이

차라리 몰랐으면 나았을…….

맹세

스텐에 담긴 막 끓인 카페인을 억지로 넘기고는
입술과 혀와 입천장이 홀라당 타버리고 말았다

불이 난 가슴에 물을 뿌려 성마르게 진화해보지만
데인 곳엔 자국이 선명하게 남았다
자국에선 작은 싹이 돋았고
진물 속에 응축된 연민과 후회와 증오를 양분 삼아
어떤 꽃으로 피어날지도 모를 일이다

붉은 그림자에 꽃으로 피어날
이름 모를 또 다른 너를
언젠가는 완전히 버릴 수 있을 것이라 여기며
가슴에 묻는다.

그네

나를 날려줘
세상을 떠나 온전히
홀로 떠 있을 수 있도록
저만치 다가오는
까만 먹구름 유난히도 낮아서
곧 잡을 수 있을 것만 같아

지저귀는 이름 모를
새소리가 들려와
그 사이 까만 치맛자락 저기 산자락에 닿아서
곧 내 발끝에 밟힐 것만 같아

나를 날려줘
시름도 시련도 이별도 아픔도
다 벗어버릴 수 있도록
멀리 더 멀리

세상에 발이 닿지 않도록
다시 올 수 없더라도
나 이젠 괜찮을 것만 같아

한 자락 푸른 바람이
내 머릿결 쓰다듬을 무렵
너에게도 가 닿을 거야
나의 머리카락 한 올 네게로

나를 날려줘
곧 가 닿을 십자가 뾰족지붕
그 위로 한 줄기 빛이 되어
영원히 허공으로 흩어지고 싶은
그런 날에는…….

바람의 전갈(傳喝)

정갈한 육체를 드리오니 현자의 마음을 부으소서
청춘의 깃발을 꼿꼿이 세워두고
시간의 바람이 지나쳐간 이 불모의 땅에
장미향 가득한 그날의 기억들을 심습니다

어떤 싹이 터서 어떤 모습의 나무가 될까요?
그 나무에는 과연 무엇이 열릴까요?
그 싹에 지혜를 부으소서
현자의 마음 한 조각이 거름이 되게 하시고

그 나무가 무럭무럭 자라거들랑
함께 했던 무수한 상상의 밤들이 뿌리였노라
아무것도 아닌 것이 아닌 선명한 서로의 흔적이 되
어
그날 그 나무에 열린 열매들을 살펴보기로 해요

결코 잊지 마세요
어느 날 어느 바람이
당신에게 전하는 그 전갈(傳喝)을
절대로 흘려버리지 마세요.

제2부

때론

때론 붙잡지 않고 보내는 것이

더 큰 그리움에 연유할 때가 있다

절제에서 묻어오는 사무치는 그리움일 때가 있다.

다시 사랑이 시작되고

다시 사랑이 시작되려는 모양이야
두근거리는 떨림으로 다가오는 너는
아주 오래전 한 번의 경험이 있었지
그땐 너무도 천방지축 알지 못하던 무수한 것들에
취해
제대로 알아볼 수 없었어
내가 너를 알기엔 너무 어렸으니까
하지만 너도 날 몰랐을 테지

다시 사랑이 시작되려는 모양이야
나를 사로잡는 이 느낌에 둘러싸여 바라다보이는
너는
아주 오래전엔 느낄 수 없던 또 다른 경험으로
시간이 많이 흘러서 내가 알게 된 많은 것들과 함께
다시 나에게 그런 의미로 다가오고 있나 봐
슬픔도, 아픔도, 배신도, 헛헛함도

이제는 어느 만큼은 굳은살로 자라서
예전처럼 아프지 않는 것을 보니

난 너로 인해 가슴이 다시 뛰어
다시 너를 끝없이 사랑하게 되려는 모양이야.

무엇이 먼저였을까?

― 친구들에게 학대당해 나체 주검이 된 청년을 애도하며

가난이 먼저였을까?
무지가 먼저였을까?
닭이 먼저인지, 달걀이 먼저인지를
논함과 같은 딜레마

없어서 무시당하고
몰라서 무시당하고

온종일 몸을 움직이며 분주하여도
온종일 가만히 앉아 자유로워도
각자의 시간만큼 돈을 벌지만
누구에게나 같을 수 없는 시간의 가치

돈에 속고
사람에 속고
스무 살 갓 넘은 청년은

나체로 주검이 되었다
조금 모자람이 살아갈 시간마저
도둑맞아야 했던 걸까?

아, 무엇이 과연 먼저였을까?

미니장미, 안녕!

— 입양 후 학대받아 숨을 거둔 아기 정인이를 생각하며

국도 옆 무심코 들린 화원
온실 속 꽃들 사이에서 데려온
아담한 미니장미 화분 하나

베란다 창가에 두었는데
그 많던 봉오리 피어본 적 없이
주검이 된 미니장미

따사로웠을 화사한 5월
예사롭지 않게 내리던
사흘간의 빗줄기
때 이른 장마도 아닐진데
자꾸 멈추지 않는
하늘 눈물과 통곡소리

예쁜 분홍색 피워내지 못한

그 작은 봉오리들
너무 일찍 꺾여버린 곱던 미니장미
부디 그곳에선 활짝 피길
안녕!

외로운 수족관 속 주검 2
— 엔젤피쉬의 죽음을 보며

저 혼자만 배부르고자
다른 물고기들 견제하며 못살게 굴던
가장 커다랗고, 가장 활동적이던
지느러미도 풍성하고, 빛깔 곱던 엔젤피쉬

설 연휴 며칠 집을 비우고
자동 먹이주기에 먹이를 가득 부어주고
집에 와보니
엔젤피쉬 퉁퉁한 몸이
평소 같지 않게 굼뜨고 눈도 튀어나왔네
어젯밤 살 수 있게 간절히 기도했건만
아침 주검으로 커다란 바위 밑에서 발견됐다네

평소 욕심 많고, 뚱뚱하게 비대해진 모습을 보며
남편도 나도 애들도
투명한 수족관 유리를 통통 두들겨주며

레이저 눈빛과 미운 말들을 쏟아냈었지

하지만 죽을 줄이야……
과한 식탐 탓이 컸겠지만
주인집 식구들 따가운 눈총도
한몫 한 것 같아
눈물이 흐르네

그래 역시
미움을 받는다는 건
살아가면서 참,
견디기 힘든 일이야.

너를 두고……
— 큰아들 민종을 가평 부대에 내려주고 오던 길에

어느 별 하나 나를 따라온다
너를 두고 나 혼자 오는 길
그 길은 언제나 마음이 그곳에 남는다

세월이 흘러간다
나의 청춘 시절을 벗 삼아 가버린 그 세월로
너의 시절은 아름다운 호우(好雨) 시절,
나의 생기 넘치던 푸르른 잎새들을 밟고서
부디 아름다운 너의 날을 그려가기를

어느 별 하나 여전히 나를 따라온다
너를 두고 나 혼자 더 멀리멀리 오는 길
그 길이 멀어지는 만큼 마음은 그곳에 못이 박힌 채
요동도 않는다

세월이 흘러간다

나의 만추 시절을 벗 삼고 가야 할 그 세월로
너의 시절은 화려한 찬란(燦爛) 시절,
나의 붉은 잔영까지 모두 줄 터이니
부디 찬란한 너의 날을 완성해 가기를……

밤, 비, 그리고 그 후

비가 내린다. 창밖엔 까만 밤이 드리고 그 사이로 하염없이 쫙쫙 소리를 내며. 언젠가 또 이런 밤이 있었지. 나의 기억이 아주 맑고 순수하던 너를 기억하던 그 어느 무렵, 야간작업은 졸음과의 살벌한 싸움이었고 그 밤은 매캐한 가운을 걸치고 우리를 에워쌌었지. 허나 우리에겐 너무도 사랑스런 남동생이 있었고 똘망한 그 눈동자를 기억하는 한 우리는 졸음에 감기는 눈 따위가 대수일 수 없었어.

밤, 우렁차고 매서운 맹수의 울음처럼 또 비가 내린다. 신발을 신지 못한 채로 어둑하고 좁은 골목을 지나쳐 내달린 도로에서 한숨을 겨우 돌릴 때쯤, 이미 발바닥에서는 진득한 무엇이 흐르고 말라붙어 있다는 걸 알 수 있었지. 허나 커다랗고 잘 벼린 칼날 따위와 맞서지 않는 것만으로도 대수일 수 없었어.

언젠가 또 이런 밤이 오겠지. 원하던 원하지 않던 똑같이 우리에게 시간이 흘러갈 테니. 똘망한 동생은 누나의 인생의 어느 만큼을 쪼개먹고 잘 나가는 대기업에 들어갔고. 가정을 꾸리고 환하게 웃으며 잘 지낸다니 얼마나 다행이니. 허나 누나는 초등학교 때 달리기를 잘해서 학교 대표로도 나갔었다지. 비만 오면 제버릇 남 못주고 퍼마신 술만큼 손찌검을 해대던 남자를 만나서 잘 뛰던 뜀박질로 목숨은 구했으니 그나마 다행인 거니? 너는 어떨까? 잘 지냈을까? 나의 영혼이 가장 순수하던 그때 만났던 너는 부디 사랑받으며 잘 지냈기를……

자화상

데파스 0.25밀리그램이
클로나제팜 0.5밀리그램을 만나 흡수된 눈,
어느샌가 자라난 손톱,
끝까지 뻗지 못한 양분의 결핍으로 갈라진 갈색 풀
섶,
건망증을 가장한 몽롱함 속 망각

오래전 되돌리고 싶은 못된 기억
숨을 깊이 파고드는 기억 속에 괭이 박힌 커다란 발
가쁜 숨을 내쉬어본다
자꾸 뒤돌아본다
바로 뒤 한 뼘이면 따라 잡힐 것만 같은 간극
차갑다 딱딱하다 그러다 진득하다
그리고 한참 쏟아진 빗줄기였을까?
까슬까슬 쓰라린 느낌으로 밟힌 땅의 감촉

거울 속에는 어디선가 본 듯도
하지만 왠지 낯선 퍼석한 갈색 풀섶이 널브러진
창백한 여자가 서 있다.

나는 당신에게

간밤 꾼 꿈에 아니 새벽이었을 거야

나의 자동차 옆좌석에 텔레포트로 내게 온 당신
당신은 젊었고, 살도 찌지 않았고
내가 반했던 처음 그 모습 그대로였지

어딘가를 향해 내달리는 우리는
아직 욕망이 두려울 나이도
추할 나이도 아니었을 거야

당신은 한없이 다정하고
나를 아끼는 사람이었지
나의 어떤 심한 얼룩에도
환한 모습으로 웃어줄 그런 당신 말이야

비극의 시작은 언제부터였을까?

그 단단한 신뢰를 야금야금 먹어가던
붉은 혀를 날름거리던
순백의 옷을 입은
실은 숯청색의 몸뚱이를 숨긴
그것을 우린 둘 다 알 길이 없었지
인생이란 우리에겐 늘 처음뿐이었으니……

당신은 옛날 우리가 커플로 맞췄던
하얗고 작은 애니콜 같은 기계 하나를 손에 들고 있
었어
그걸 어디서 난 거냐? 묻자
어느 행성, 어느 도시에서 주운 것이라 답했지
그 기계로 당신은 내 곁에 온 거야

우리가 진정 원한 것은 무엇이었을까?
난 늘 궁금증이 많은 여자여서 모든 것에 질문을 했
지
그런 내가 그래도 좋았던 당신은 어디 있을까?
"보고 싶어" 갑자기 이런 톡을 보내온
또 다른 그의 용기에 박수를 보내
눈에 갇혀 온전히 고립된 또 다른 그가

내게 이런 톡을 보낸 건 그래도 기분 좋은 일이야

"미안했어" 이런 톡을 보내야겠어
나는 당신에게…….

와인색 코트를 샀다

와인색 코트를 샀다
눈은 내리는데 나는 하얀 한국 와인을 마셨고,
이후 淸酒를 마셨다
그 청주는 이후 나를 마셨다
너무 맑은 술은 너무도 맑아서 나를 한없이 해맑게
했다
나를 사랑하는 그는 나를 너무 소중히 여겨주어서
고맙고,
나는 택시를 타고 그가 내린 후
내가 내리고 또 다른 그가 내렸다

사람을 사랑하는 일은 영혼을 사랑하는 것인지?
육체를 사랑하는 것인지?

나는 적어도 바보 같은 것인지도 모르게
나를 너무 아껴주기에 나를 건드리지 않는

그가 좋다

그는 나를 갖지 못했으나 이미 가진 것,

내가 나를 탐하지 않는 이를 좋아하는 것은

나를 향한 나의 연민인지?

아니면 세상을 향한 나의 착오인지……

나는 나를 불편하게 하는 이가 싫다

나를 시험하는 이도 싫다

그저 너른 마음으로

진리가 아닌 모순에도

웃어줄 수 있는 이라면

나는 나의 영혼마저 그에게 줄 것이다

허나 나를 시험하는 이를

나는 결코 사랑하지 않을 것이다

그는 영원히 나를 가질 수 없을 것이다

눈은 내리는데 나는 한없이 그 눈에 파묻히고

파묻힌 나는 다시 그 눈 속에서도 봄을 마련하고

다시 당신을 만날 그날을 기다리리라

와인색 코트가 나에게 꼭 맞는 것은

다시 그를 만날 수 있을 그날을 기다리는
봄 같은 나의 마음이리라
나를 너무도 사랑하여 가만히 사랑해준
그 고운 마음을 차마 뿌리칠 수 없는
내 마음이리라
나의 영혼을 사랑한다고 속삭여준
그대를 위한 나의 마음이리라

그리하여
우리 영원히 헤어지지 않을 정표(情表)이리라.

불면 중독

불야성에 길들여져
올빼미가 되어버린
카페인의 노예가 돼서 움직인다

"중독은 무서운 것이야!"
술도 여자도 노름도 마약도
못 박히게 들은 말이었으나 그저 흘러 지나가고
어쩌면 야금야금 남은 인생을 좀먹고 있을지도 모
르지만
이 순간은 놓칠 수 없다는 달콤한 유혹
잠들면 변해버릴 내일을 걱정하며
끄적이는 펜을 놓을 수 없고
힘이 들어가는 제도샤프의 감촉을 사랑하고
미세하게 꺾어지는 손목의 느낌을 좋아하고
종이에 서걱대는 쓸쓸하고 고독한 밤의 자국이
참을 수 없이 사랑스럽다

이미 중독이다.

드림캐처

머리맡에 가까이 걸어둔 그것으로도
매일 다른 듯 같은 꿈을 꾼다

나는 왜 함부로 살아버린 걸까?
나를 사랑하지 못했고, 소중히 여기지 못하고
진심으로 보듬어준 일 없어 가엾어라
바보가 되어 벙어리가 되어
장님이 되어 보낸 허접한 보틀 속 무수한 시간들
　무엇을 소망하며 스스로 그 보틀 속에서 침전한 것
일까?

아주 오래전 깊은 구덩이 속에 묻어둔 채
잊어버린 타임캡슐 속 꿈들은
어느 행성 어느 도시에서 혹시 이루어졌을까?
영겁보다 멀게만 느껴지던 진심은
실은 종이 한 장의 차이였음을 이제는 안다

한순간 디딘 발끝이 낭떠러지였음을
그 끝에 비루(鄙陋)의 탈을 쓴 악마가
미소 짓고 있었음을……

잠들기 전 머리맡을 확인하지만
매일 다른 듯 같은 꿈을 꾼다.

늙은 숫구렁이

음흉하고 더럽기 짝이 없는 '순수한 것을 좋아한다'
는 그 간교한 혀를 도려내버리고 싶은 심정이다. 음흉
함은 살아온 생에 비례할 만큼 질긴 목숨이라 더 그러
할 수 있다고 조금은 이해해보려 했으나 道를 과도하
게 벗어난 욕심은 누가 보아도 '탐욕'이라는 말답게
추악스럽다. 구불구불 구렁덩덩 미끄덩한 겉껍질 속
을 들여다보면 실은 속 살점에 얼마나 깊은 주름이 새
겨졌는지 그 깊은 주름 속에 온갖 애욕을 숨기고 역겨
운 입술을 번들거린다. 올라오는 구토를 겨우 가라앉
히며 '모든 본성이 다 선하지는 않으리라' 만은 오래
도록 살면서도 거세되지 않은 악랄하고 더러운 혀가
꼴린다고 들이미는 그 경박한 추악함이 왜 하필 '순수
한 것'을 찾는 것인지? 허나 '순수한 것'은 바람과도
같아서 잔 그물에도 걸리지 않는 법임을 그 오랜 세월
을 살고도 아직 모르는 늙은 숫구렁이여, 다시 한 번
만 그 혀를 더럽게 놀려댄다면 세상 모두가 알도록 잘

벼린 '순수의 검'으로 뽑아버릴 터. 다시는 그 혀를 놀리지 못할 터이니.

그(He)

그를 만나고 온 날이면 두근거림과 설렘 속에 잠이
쉬 들지 않고, 따뜻했던 것 같기도 했고 차가웠던 것
같기도 했던 느낌. 정의롭고 편협되지 않아 다행이다.
올곧고 비굴하지 않아 신뢰한다. 유쾌한 말들에 웃기
도 했고 유식한 식견에 귀 기울이기도 했던 하지만 아
스라이 느껴지던 사소한 그 따스함이 압권이다. 벚꽃
흩날리던 어느 봄날, 툭 던진 한마디 단풍 든 어느 가
을 "소풍 가자"던 그 한마디로 나를 들뜨게 했던 그가
그렇게 늘 한결같기를……

뜨개질

마음을 비우려
뜨개질을 한다

어깨가 아프고
숙인 목이 뻐근할지라도

한 코, 한 코 꿰어지며
버린 마음이

짙푸른 청춘으로
환생한다.

온전한 비움

이 밤, 이 모든 것을 뱉어내야 하리
흘려보내고 쏟아내고 토해내고
깡그리 그리하여
아무것도 남지 않은 그러나 깨끗할 수 없는
주머니 속을 길고 긴 막대기가 달린
거울로 들여다보아야 하리
토돌 토돌 할까? 아니면
십수 년 전 그 연한 분홍빛 그대로일까?
세월이 그토록 흘렀는데 어찌
주머니가 맨 처음 만들어진 그대로
온전히 윤기 나고 탱탱할 수 있을까?
혹 구멍이라도 나있다면 기워야 할 것이고
몹쓸 보푸라기 달렸다면 제거해야 하겠지
부글부글 끓어대는 주머니 속
뜨거운 느낌이 관통하는 은밀한 속살
긴 밤 Orafang* 효과가 나타날 거야

자 이제부터 시작이야.

*Orafang : 대장(내시경) 검사 시의 전처치용 장세척 알약.

결별의 밤

날카로운 촉수가 세워지고
깊이 파인 서로의 가슴을 들여다보며
더 이상 파낼 수 없는
살점이 남지 않은 갈비뼈에
소금을 뿌린다

허울 좋게 포장된 껍데기에 잠시 현혹된
어리석음에 치를 떠는 밤
태초 뱀의 후손에게 하얀 발꿈치를 물리고
중독의 흐릿함 속 수치스러움을 안은 채
비수가 꽂힌 서로의 잔상이 덩그러니 남는다

기껏 한줌 소금보다 못했을
무엇을 위해 참고 참아왔을까?
극한 몸부림으로 붙든 뇌의 이성에
안도하는 바로 그 밤.

실미동(失美冬)

아주 오래 전
잊어버린 얼굴
복선 없이 다가온 봄
준비조차 없이 헛헛한 채 내몰린 너

어디서 도둑맞은 건지
알 수 없는 그리움의 주체

횡하니 찾아온 이 봄,
바람의 노래가
심장을 자꾸 아리게 한다

왜 떠난 건지
알 수 없는 이유가
자꾸만 놓지 못하는
이유가 된다

어떻게 붙잡을 수 있을까?
지나쳐간 순간
하잘것없이 보내버린
더 없이 아름답게 붉던 심장을.

잘못

모든 것이 또렷해지는 망각

가슴을 도려내는 이 절묘한 시차

그때 그런 연유가 있었기에 그리 했으리

어두웠던 그 사람의 생각의 그림자를 나는 어렴풋

보고야 말았지

나의 純粹가 무지함으로 연동된 것이라고

나의 善이 배우지 못함으로 인함이라고

어떻게 나는 이 망각의 그림자를 지울 수 있을까?

그나마 神은 나에게 분별력을 허락하셨다

창밖은 밤비가 속살거리고,

가끔 지나는 번개가 희번덕거리고,

번개 뒤를 쫓아 천둥이 쿵쾅거린다

속살거리는 밤비가 좀 더 굵어져 가는 시간

모든 것이 나의 잘못이라고

함부로 살아버린 나의 잘못.

제3부

지나치다

무수히 많은 사람들 속에서

무수히 많은 시간들 속에서

무수히 많은 별들 속에서

무심히 너와 내가 찰나의 접점을 이룬 것.

그리움

수화기를 들고 어딘가에 있을지 모르는
누군가를 간절히 찾는다

그가 누구인지도 나는 모르는데
나는 자꾸 그가 그립기만 하다

머리에 구멍이 생겨서
잃어버린 것인지
그저 꿈속에서 잠시 스쳐
지워져버린 것인지
그도 아니면,
애당초 아예 없었던 것인지

근원도 모르는 그가
나는 계속 그립다.

복선(伏線) 없는 봉인(封印)

간밤 살며시 든 잠 속에서 나는 보았지
잡을 수 없을 만큼의 거리를 유지하며 걷는 당신을
한 템포 발을 빨리 하면 나의 손끝에 닿을지도 모를
당신을
허나 끝내 나의 손끝에 감촉은 느껴지지 않았어

심하게 배가 아팠지. 속은 울렁거렸고, 무릎이 펴지
질 않았어. 너무 아픈 관절들을 어찌해야 할지 몰랐
어. 손과 발은 얼음보다 차가운데 가슴에는 불덩이 같
은 것이 활활 타오르는 것인지 더 이상 당신을 볼 수
없었지.

계속 살며시 든 잠 속에서
내가 있었다면 만질 수 있었을까?
나를 살며시 어르고 달래던
장미향을 가득 담은 체취를 느낄 수 있었을까?

심하게 구역질이 났지. 고생해서 내 것으로 만든 고귀한 것들을 밖으로 분출하고 싶지 않았어. 안간힘으로 버텨보면 나의 세상을 깨트리지 않을 수도 있지 않을까? 나는 문득 다시 또 묻고 싶어졌어. 나의 호기심과 궁금증을 몹시도 버거워하던 당신에게 말이야. 하지만 답을 듣지는 않을 거야. 적어도 그러면 오랜 시간 내 안에 머물러서 또 다른 나의 세계를 만들 수 있을 테니까.

  내가 정말 사랑하는 장미향이 가득 찼던
  나와 당신만이 머물던 내밀한 기억 속에서
  오래오래 그날들은 봉인될 거야
  그리고 또 다른 나의 세상을 만들어 낼 거야

  아직도 간밤의 신열과 복통과 구역이 남아 있는 나는……

무지의 앎은 두려움을 넘어선
용기가 된다

알지 못한다

너의 뒷모습을

너의 입으로 시인한 것들과

나름의 포장지를 씌운 것을 보면

알 수 있는 것은 오로지 포장지의 색깔과 모양뿐임

을……

나는 오랜 그 길을 가보고 싶었다

그 길의 끝에 무엇이 있을지가 너무 궁금하였고

나의 기질은 자꾸만 그 길을 부추기는 이유가 된다

운명과 인연과 우연은

어쩌면 모두 한 끗 차이인지 모를 일이다

누군가의 숨은 공로로 인한 우연은 인연이 되고

그 인연이 깊어져서 운명이 되는 것일지 모를 일이다

무엇을 바란 것인지?

그 끝에 무엇이 있기를 바란 것인지?

서로가 알 길은 없다

진실이란 결국 믿고 싶은 것만 믿는 것인지 모르는
까닭이리라

알지 못한다

너의 뒷모습이 아닌

앞모습조차도 나는 몰랐다.

하얀 굴레 속, 얼큰한 취기

저녁을 비켜 막 밤이 내린 도시
여름의 후끈한 풀내음
어스름 속에서도 또렷한 것들
하루를 마친 빈 트럭
어린 날 풀빵 같은 가로등
집마다 들어온 자동차들

벗을 수 없는 하얀 굴레와
땀방울로 뒤덮인 콧잔등 속
얼큰한 취기.

화이자1차를 맞은 날 나는
— 2021년 11월 1일 낮 1시 25분이 지날 때

가까운 동네 내과병원 미루고 미루다 맞은 탓에 예약도 없이 화이자1차를 맞았다. 부작용으로 쇼크가 올지 모르니 병원에서 잠시 앉아 안정을 취하라고 한다. 별 이상이 일어나지 않아 병원을 나와 걷는다. 집까지 올라오는 언덕길에는 즐비하게 먹거리를 파는 가게들이 있다. 입맛이 없지만 화이자를 맞고 혹시 모를 부작용을 대비해 타이레놀을 먹어야만 할지 모르니 무언가로 속을 조금 채우기로 한다. 평소에 자주가는 모녀가 함께 운영하는 김밥집에서 돈가스김밥두 줄을 샀다. 집에 와서 돈가스김밥과 함께 김치의 빨간 국물을 숟가락으로 퍼먹는다. 식도염이 이리 심한데 나의 목구멍을 지나 빨간 국물이 식도를 어루만진다. 마요네즈가 섞인 김밥을 씹으며 어쩌면 마요네즈가 빨간 그 자국을 지워줄지도 모른다는 야릇한 생각을 해본다.

나의 할아버지 李 종 자, 택 자 님의 사망원인은 식

도암이셨다는데 가족력까지 있는 나는 빨간 김치 국
물을 끓을 수가 없다.

화이자2차 접종, 다음날
— 2021년 11월 24일 오후 6시를 지날 때

살 속에 작은 송곳이 숨어 있을까?
뼈의 마디마디가 제대로 연결되지 못하고
신경을 건너지 못해 분산되지 않아 돌출된 통각
온전히 혈관을 통과하지 못한 붉은 것은
어느 한 곳에 뭉쳐서 점을 이루고
온기가 느껴지지 않는 손과 발
너무 빨리 재촉하는 펌프질이 불안하다
신열에 들뜬 눈, 코, 입
작은 날숨에도 금세 녹아내린 유리잔 속 얼음
제대로 연결되지 못한 뼈마디에서 삐걱대는 소음
억지로 끼워 맞춘 주변으로 시퍼렇게 피가 맺힌다.

코로, 나와 동거

어찌하다 보니 너와 나의 두 번째 동거가 시작됐다
귀 막고, 눈감고, 입 막고, 두문불출(杜門不出)
세상과 단절하는 것이 어떨 때는 편하기도 하고
아무 생각 없이 그저 먹고 자고의 반복 같기도 하고

때때로 좋은 음악을 들으며 귀호강 시키고
때때로 보고 싶은 영화를 보며 눈호강 시키고
때때로 먹고 싶은 달짝지근 케이크로 입호강 시키고

요 전날 자꾸 캐리어 싸는 꿈을 꾸더니
보고픈 사람 따라 비행기 타는 꿈 아닌
집에서 따로 격리될 꿈이었나 보다.

식구(食口)

　식구가 늘어간다. 나에게 본의 아니게 자꾸만 자꾸만 식구가 늘어간다. 정(情)의 목마름으로 핏줄로 밥을 먹는 기쁨으로 주고받고 싶은 애정(愛情)과 혹은 동정(同情)의 넘침으로 食口가 늘어만 간다. 내게 식구가 늘어감은 마음씀의 분량이 세상의 파도를 타고 분산된다는 것. 두루마리 휴지가 물을 야금야금 먹어가듯이 그렇게 번져가는 것. 돌아서서 가버림이 아파서 차라리 익숙함을 택한다는 것.

　돌아서서 가는 사이가 아닌 죽을 때까지 기억에 사금파리처럼 뭉근하게 남을 그런 식구가 된다는 것은 미워도 싫어도 너무 차갑지 않게 예뻐도 좋아도 너무 뜨겁지 않게 그렇게 오랜 연명의 사이로 질겨져 간다는 것. 그리하여 이 한 몸 홀홀 영혼과 분리될 그날까지라고 그렇게 손가락 걸어 약속하는 것.

오늘 배가 부르게 맛있게 잘 먹었노라고 그렇게 나에게 인사를 한다. 가는 뒷모습이 슬프지 않다. 다행이다.

우리시대의 러브스토리 1

— 유령 같은 존재 ONE*, 온라인 속에서만 존재하는 너와 나

제법 오랜 시간이 흘렀다. 처음은 숨가쁘게 알아가는 일이 미칠 것처럼 두근댔다. 시간이 가는 줄도 모르게 주고받은 사연들은 거대한 잔상을 만들었다. 마치 바로 옆에서 밥을 먹고, 얘기를 나누고, 이를 닦고, 잠을 자고 깨는 것처럼. 한 번도 들어본 적 없는 목소리가 귀에 댕댕거린다. 화를 낸 적도 없다. 화를 부추기는 일도 없다. 그것이 가장 큰 매력이다. 시대에 뒤처진 듯해도 엘피를 듣고 연필을 깎는다. 오랜 습관이다. 입을 가리고 웃는 모습이 매력적이다. 어색하지 않다. 무언가를 가리기 위한 페이크는 아니다. 거짓을 말할 때면 콧등을 찡그리는 버릇도 눈을 피하는 습관도 없다. 제법 오랜 시간이 흘렀다. 손을 뻗어 닿을 것만 같다. 실은 아주 먼 공간의 투명 막이 있다. 괜찮다. 우리는 충분히 단단하고 거대한 잔상으로 각인되었기에 훗날 어느 낯선 곳에서도 서로를 금세 알아볼 것이다.

*ONE : 이 詩 속에서만 온라인의 준말로 내가 만든 ON과 LINE이 합쳐진 단어로 서로 하나임을 의미하기도 한다.

우리시대의 러브스토리 2

각인된 우리는 충분히 단단하고 거대한 잔상으로 서로를 현실로 끄집어낸다. 처음일지라도 금세 알아볼 수 있다. 허상과의 만남은 무수한 상상 속에서 더욱 강렬하게 서로를 만들어내고 비밀번호 하나씩을 공유한다. 1405호의 비밀번호는 5242이다. 그렇게 허상이었던 존재의 실상과 마주하며 마치 어제라도 만난 것 같은 친밀함으로 서로를 나눈다. 세밀하게 구석구석을 나누어 가진다. 목이 탄다. 룸서비스를 시켜 마시고 다시 각자의 동굴 속으로 사라진다. 어떤 흔적도 남기지 않는다. 아무 일도 없던 것처럼 다시 옷을 벗어 먼지를 털고 옷장에 걸고, 얼굴을 지우고, 고무장갑을 끼고 미뤄둔 설거지를 하고 저녁을 준비한다.

아무 일 없던 사람처럼 외근에서 돌아와 퇴근을 준비하고 네비의 흔적을 지우고 다시 차를 몰고 집으로 향한다. 피곤하다며, 일이 밀렸다며, 밥은 먹었다며

자신의 방으로 향한다. 그리고 다시 컴을 열어 접속한다. SNS 계정 속의 많은 팔로워들 속에서 또 한 명을 지목하기 위해 열심히 신규계정을 찾아 팔로잉한다. 어차피 그 안에서는 모두 멋진 남과 여일 것이다. 쉽게 만들고, 지우고, 공 안들이고, 차버리고, 결국은 얻고자 하는 것을 얻으면 더 이상 보고 싶지 않은 수많은 존재들이 살고 있는 그 공간에서 오늘도 유령처럼 온라인의 파도를 타고 자유와 스릴을 만끽한다. 그렇게 밤을 새워 자판을 두드린다.

이별 詩의 난산

사랑하고
이별하고
詩를 낳고

사랑하고
또 이별하고
또 다른 詩를 낳고

사랑하고
또 또 이별하고
또 더 다른 詩를 낳고

어쩌면 이별 중독인지 모른다
詩를 위한 오롯한 中毒.

망각의 샘물이 깃들기를

돌아서면 잊어버리는 망각(忘却)의 샘물 한 방울 제
게 부으소서

이리 아픈 것은 罪의 삯이오니
믿고 싶은 것만 믿고,
보고 싶은 것만 보고,
듣고 싶은 것만 들은

그 어리석음의 삯을 지금 지불하는 것뿐이오니……

사악한 뱀의 혀에 놀아났던
그리하여 그 하얀 발뒤꿈치를 물리고 만
태초 이브의 입술에 발린 독을 핥은
그 罪의 삯을 모두 갚는 그날까지 더 깨어지고 부서
져 아프겠나이다

육신이 모두 허물어지는 고통을 겪더라도

영혼은 잊어버릴 수 있도록 망각의 샘물로

좋았던 것, 기뻤던 것, 행복했던 그 모든 것들로부터

티끌 하나 남기지 않는 자유를 누리게 하소서

푸르고 새로운 것만을 탐닉하는 타락한 태곳적 본성(本性)을

사악한 뱀의 혓바닥을 벌하여 주소서

스스로의 어리석은 罪의 삯은 육중히 침묵하며 치르리니

그리하여 다시는 기억나지 말게 하소서

레테의 강을 이미 건너버린 에우리디케의 기억처럼 그렇게.

욕망

하얀 고치 속에 살색 몸뚱이를 숨긴
지금 나는 무서운 짐승
뾰족 손톱은 어디를 긁어도 금방 피가 맺힐 것이고
불어 터진 입술에 닿는 살갗은 사르르 살살 녹아내
리고

가지마다 매달린 하얀 등잔꽃 향기가 발가락 마디
마디를 마비시키는 순간
붉은 심장은 살색 몸뚱이 가장 깊은 그늘에 숨겼지
만
하얀 고치가 짧아 다 가릴 순 없네

땡볕에 벌게진 욕망이 더욱 뜨겁게 타오를 때
녹아내린 달콤함은 끊을 수 없는 끈적이는 덫이 되
고
굳은 표정이 나른한 시간 속에 감추이네.

실종

언젠가 잃어버린 것을
영원히 찾을 수 없을 거란 걸
우리는 알고 있었지

어차피 발버둥쳐도 결국
돌아오지 않을 거란 걸
어쩌다 잃어버린 건지
자책을 해봐도
손안으로 다시 돌아올 수 없다는 걸
우리는 알고 있었지

폐허가 된 거기 그 성에
다시 바람이 불어와
그날처럼 그렇게
온 세상을 뒤집어버릴 듯이
살갗에 돋아난 작은 솜털마저 훑고 가버릴 만큼

거대하고도 첨예한 바람이

숨이 막힐 것 같았지
정신을 제대로 챙길 수 없었어
우리는 모두 똑같이 슬펐지
때론 너무 강한 것이
더 금방 무너지기도 하나봐.

가끔

가끔 죽어버리고 싶은 때가 있다
달리는 차에서 뛰어내리거나
높은 곳에서 떨어지거나
유리컵을 깨서 날카로운 그것으로 손목을 그어버리
거나
받아둔 수면제를 3~40알 그대로 입안에 털어 넣어
버리거나

가슴이 터질 것처럼 팽창하는데
육체가 불덩어리처럼 피어오르는데
뇌는 열기를 이기지 못하고 육체 밖으로 튀어나온
듯
시간이 마냥 지나가기를 기다릴 때면
더럽혀진 숨이 목구멍 속을 가득 채우고

더 이상 이성이 지배할 수 없을 때

나는 나의 목숨을 누구를 위해 버리고 싶은 것일까?

겨우 얼마 남지 않은 잔고를 붙들고

도대체 그 잔고마저 털어버리고픈 이유가 무엇이란
말인가?

어떤 개자식을 위하여 목숨을 헌사한단 말인가?

머리를 따라주지 못하는 손가락과

뇌를 구성하는 신경과

야금야금 먹혀가는 나의 자유가

무슨 상관관계로 이루어졌길래

차 안에 숨어든 철지난 모기 한 마리

끈질긴 숨을 아직도 연명하고

내 피 한 방울 빨기 위해

사력을 다하는 숭고한 순간.

우울한 소문에 대처하는 우리의 자세

암흑의 집안
아무도 없는 텅 빈 공간에
조용히 숨을 죽이며 감은 슬픔

조금 새어들던 빛마저도 잠든
온전한 어둠이 내려앉은 공간
침대에 누워 바라본 세상은
태초 하늘이 열리지 않은 까마득한 적막
태초 빛이 없던 자궁 속 적요(寂寥)

시간도 멈춰버린 듯
인기척이 사라진지 오래인
미동 없는 방안의 고독
그리고 우울

나는 알고 있다

이 우울을 끄집어내어 없애버리기에
가장 좋은 것이 무엇인지를
그건 딸깍하고 스위치를
단 한 번만 누르면 된다는 것을
마음에서 한 발작만 움직여
이 칠흑의 어둠을 내몰면 된다는 것을
그 숭고하고 당연한 진리를

불명예가 싫으면
손에 쥔 추한 것들을 버리면 그만이고
수군대는 혀들을 뽑아버리면 그뿐이고
용기 없는 비굴의 가면을 벗겨버리면 되는 것이고
그리하여 절대로 불명예를 강요받지 않으면 되는
것

오로지 그 뿐.

침묵

아무도 모를 것이다. 뚫린 입으로 토하지 않는다면.
목구멍에 피가 맺혀 그 검붉은 덩이가 가득 차서 토해
내지 못하는 슬픔을 스스로 감내하고 있을지라도 아
무도 모를 것이다. 결코 어떠한 일에도 누구에게도 동
의를 구하지 말며, 누구에게도 주둥이를 놀리지 말고,
누구에게도 커다랗게 베인 그래서 철철 나던 피가 이
제는 응고하여 진득한 언덕이 되었다는 것을. 특히 그
사악한 뱀의 혓바닥을 가진 자들에게 들키지 말아야
할 것이다. 아프고 서럽고 수척해져 가는 그 마음을.
그리하여 이제 남은 것이 아예 없이 소멸해 버렸다는
것을. 누구에게도 들키지 말아야할 것이다. 침묵, 그
것은 오롯이 홀로 삭혀 그 어떤 것도 나를 휘두르지
못하게 할 것이고, 감히 상처 입히지 못하게 할 주문
같은 것이리라.

제4부

안개주의보

1월이라는 것이 믿기지 않는 밤
세상이 온통 안개로 뒤덮인
한 치 앞을 내다볼 수 없는
낭떠러지 옆을 조심조심 걷는다

난간에 방울방울 매달린
미지의 난생들은
저 넓은 허공을 향해
날개 펼칠 날 올까?

한 치 앞이 보이지 않는 안개 속을
비상등을 켠 채 상향등까지 켜고도
느릿느릿 엉금엉금 기어서 간다

어린 날, 가파른 미끄럼틀 위를 유영하던
모래가 잔뜩 붙은 하얀 실내화처럼

그렇게 겁없이 다시 달릴 날 올까?

모든 것이 서툴고 확정된 것 없지만
오늘도 또 하루를 살아내는
수많은 물방울들이 언제라도
날개 펼치며 날아올라주기를…….

다시 사랑하기를
— 금지된 사랑에 부쳐

너희들의 사랑은 너무도 깊었기에 슬플 수밖에 없었던 것일까? 이카루스의 날개마저 녹여버린 태양보다 뜨거웠던 너희들의 짧은 여름이 지나고, 하나 둘씩 생을 마감하듯 종국에는 마지막 한 장의 잎사귀마저 보내야 했던 낙엽수의 눈물처럼 이젠 하늘에서 하얀 그리움이 나리고 그렇게 돌아서서 가버린 사랑, 하늘이 시기했던 너희들의 사랑 앞에 위로 한 점 띄워 보낸다. 다음 생에선 이런 아픔 없이 부디 축복 받기를.

참 멀다

그대는 참 멀다
그대에게 나 역시 그러하리

그대는 참 이기적이다
그대에게 나 역시 그러하리

그대는 참 차갑다
그대에게 나 역시 그러하리

그대는 참 밉다
그대에게 나 역시 그러하리

우리는 참 바보 같다
아직도 이별하지 못한
이 미련하기 짝이 없을
미련(未練)함이어라.

뒤돌아보지 마세요

당신 뒤돌아보지 말고 가세요
따뜻했던 마음 한 조각도 남기지 말아요
차갑게 나를 밀어내버리고 돌아서세요
내게만 보여줬던 다정했던 모습 이제 기억하지 않
으렵니다
내게만 은밀했던 사랑스런 미소도 이젠 모두 거둬
가세요
사뿐히 지르밟는다는 그 느낌으로

먼 훗날
시간이 흘러 흘러
내가 더 늙었을 때
그날이 아름다웠노라 웃을 수 있게

시간이 가면 자연스레 알아지는 것들
거짓도 위선도 진실도 진심도 어쩌면

세월이란 파도가 언젠가는 분별하게 하리니
그래도 그날이 아름다웠기를.

네가 깊을수록

네가 깊을수록 모든 것이 더욱 또렷해지는 망각
내가 간절히 소망하던 것을 너는 알고 있을까?
아무리 너의 깊은 틈 속에 감추려 해도 더욱 빳빳이
고개 드는
너는 늘 나를 감싸고 아무 일 없었던 듯 또 차갑게
식힌다
어쩌면 네가 항시토록 여기 머물기를 바래보지만
순리를 지키듯 시나브로 너는 흐릿해지고
나의 소망은 그저 신기루가 된다

하지만
어김없이 나를 찾음 또한 순리임을 알기에
다시 너의 깊은 틈새에 기대어 소망한다
여기 오래오래 머물러 나를 기억하기를…….

수선화

잔잔한 떨림으로 너는
언제나 내 곁을 지켰지
가끔 격정에 휘몰아치는 너를 보며
구슬퍼지곤 했어
잘 이기고 버텨야만
노오란 희망 뽑아 올릴 수 있을 테지
행복을 빌어주는 레온 빛 맞으며
따뜻한 꿈을 꾸었지
까만 고요 속에 물들어도
여전히 초록 잎 꺾지 않았어
갑자기 불어온 세찬 바람에는
하늘하늘 온몸으로 춤을 추었지

오래도록 그렇게 버티고
흔들지언정 꺾이지 말아줘
내 안에 살아 숨 쉬며

끝까지 너를 지켜줘

너는 또 다른 나일 테니…….

쌀을 씻으며

너무 빠르지 않게
너무 급하지 않게
너무 사랑하지 않게

함박 속 급류에 떠내려간 검은 쌀알이
아침 내게 말해주네

너무 급하지 않게
너무 서두르지 말라고.

"쫑"

지나가는 황구를 보면
늘 생각나는
쫑!

어느 해 봄
제 짝이 보고 싶어
밤마다, 밤마다
소리 내어 울던
쫑!

힘들게 어렵게 만난
사랑하는 애인과
하루를 지내고

그해
여름이 가기 전

예쁜 새끼 네 마리를
안겨주었네.

고마워 슈슈
— 외로움은 오롯이 견디는 것

고마워 슈슈
엄마 곁에 있어줘서
누구도 엄마 곁에 있어주지 않는데……
이리 엄마의 가슴 위에, 배 위에 앉아줘서

너의 얇은 털 하나 공중으로 떠올라
나의 입김 후 하고 부니
멀리멀리 올라가는구나
마음의 공허처럼 가벼운 너의 터럭 한 오라기

고마워 슈슈
엄마 곁에 있어줘서
너의 따뜻한 체온을 엄마 발에 부벼주어서
아무도 엄마 발을 그리 만져주지 않는데……
이리도 살갑게 그 발에 너의 볼을 부벼주어서

너의 푸른 눈동자 떼지 않고
나의 젖은 눈동자에 와 닿아
가슴에 오래도록 새겨질 것 같구나
푸른 눈빛,
그대로 오래도록 가슴에 남겠구나.

아들의 핸드폰

아들이 그렇게도 바꿔달라던
깨진 액정이 깨진 마음 같아 슬프다
네모반듯 반짝반짝
손에 쥐고 ○○ 앞에서도 가슴 조리지 않고
당당하게 외치고 싶었을 "여보세요!"
주머니 속 숨어있는 진동도 아닌 무음은
조용한 아들을 닮아
더 슬프다

그러나 슬퍼하지 말아야한다
독하게 마음을 추스르고 당당하게
자신감 넘치는 사람이어야 한다
없는 것이 부끄러운 것이 아니라고
깨진 것을 붙여 쓰는 것이 잘못이 아니라고
그렇게 말해야 한다
그래야 아들에게 더 좋은 엄마가

되어줄 수 있을 테니까
그래야 내 아들도
당당한 사람으로 자라날 테니까.

영흥도에서

쪽빛 또 다른 바다 가운데 빠진 차가운 불덩이
하늘빛보다 조금 진한 바다는
잔잔한 듯 또 거칠게 포효하며
차 아 아 알 썩

솜사탕 몇 가닥 흩뿌려둔 또 다른 바다
잔 모래알들 발가락 사이사이를 촘촘히 파고들고
먼발치 바다낚시를 즐기는 행복한 가족들
신비스런 해초향 바람에 몸을 맡기며

슬그머니 실눈을 뜨고 바라본 또 다른 바다엔
손톱만한 다이아몬드 가락지가 떠있네

바다와 하늘 그 사이에
세상에서 가장 비싼
가락지가 떠있네.

반월호수에서 2

아롱거리는 불빛과 짙은 산자락을 띄운
까만 적막과 은은한 고요를 담은
호수를 둘러놓은 갈색 나무기둥을 따라 걷는 길

흩뿌린 빗방울에 시나브로 젖어가는 저녁
가로등 아래 빛나던 옛 연인의 실루엣
어룽진 그리움을 따라 걷고 또 걸으면

반월, 깊은 호수 속엔
산도 불빛도 그리움도
먼저 와 있네.

거울 앞에서

굳어진 나무토막 한 덩이
깊은 속살에 간직한 채

이제는 자글자글
주름살만 가득하고

세월은 무람없이 내 삶을 관통한다.

가장의 길

이른 새벽시간
아직은 추운 날씨
깨지 않은 단잠을 쫓아내고
커다란 가방 하나 손에 들고
따뜻하고 포근한 내 집의 온기 뒤로한 채
길을 나선다

홍성까지 가는 기차
시간에 쫓기어 잰 걸음으로 전철을 타고
지금쯤 홍성행 기차에 올랐을까?

주여, 제발 무사히
기차에 오르고 편히 도착하게 하소서
오늘 하루도 그의 삶이
평안하게 하소서!

보물들

아이들의 주일학교
오후 예배가 다 끝났을 시간
지금쯤 사랑스런 내 분신 둘은
돌아오는 교회버스에 잘 올랐을까?

아빠가 아들 둘만 내려두고
혼자 돌아오라고 지령을 내리셨는데
우리 민종인 동생 예찬이
잘 챙기고 돌아올 수 있을까?

걱정이 앞서는 시간
"딩동" 하는 초인종 소리
우리 아들 둘,
벌써 싸움터 개선장군 마냥
문 앞에 서 있네!

모정 2

하루하루 세월이 간다
지금 저렇게 작은 아기의 모습으로
내 곁에 있는 막내둥이도
언젠가는 훤칠한 키의 청년이 되어 있겠지

부모의 사랑을 제대로 받지 못 하고도
시간은 어김없이 아기를 청년으로 만들어 주리라
하지만 정말 멋진 청년이 되기 위해선
꼭 누군가의 사랑을 받아먹어야 하리라

나면서 엄마에게 버림받은 그 아이
생일도 섣달그믐인 조금은 주눅이 들고
그런 만큼 체구도 작은
생각하면 눈물이 먼저 나는
그 아이도 언젠가는 청년이 되어 있으리
그 아이를 생각해도 이렇게 눈물이 나는데

하물며,
천국에 먼저 간
작은 채로 멈춰버린 내 아기는
누구 품에서 단잠을 자고 있을까?
누구의 사랑으로 그 아긴 멋진 청년이 될까?

오 하나님,
그 아긴 당신이 키우시겠죠.

사무엘하 1장을 눈물로 읽으면서

오늘 나의 하나님이
그날 다윗의 하나님과 같다고
좋아했었지요
허나 알았습니다
아무나 오늘의 다윗이 될 수는 없음을

자신을 시기하여 죽이려했던 사울의 죽음 앞에서도
통쾌해하지 않고 옷을 찢으며 애통해하고,
그의 약점이 아닌 장점만을 기리는 애가를 불렀던
다윗!
그런 그였기에
목숨처럼 자신을 아껴주던 요나단이 있었으며,
하나님 그분이 늘 그의 편이었어요

오늘 나의 하나님이
그 시절 다윗의 하나님이길 바란다면

나 역시 오늘의 다윗이
되어야 함을 깨닫습니다

주여!